A MONSIEUR

YVON - VILLARCEAU

MEMBRE DE L'INSTITUT

(Académie des Sciences)

Hommage amical d'un ancien condisciple

CH. BOUCHET

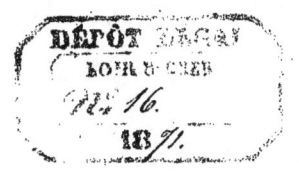
LE CIEL

POÉSIE[1]

Par M. CH. BOUCHET.

—

Cette pièce a été écrite en 1869. Nous le disons pour l'intelli-
gence de certains passages. Toutefois, d'importantes additions ont
été faites depuis. Ce n'est point ici une description complète du
Ciel, un poème didactique; nous avons voulu seulement expri-
mer les principales circonstances de notre système planétaire,
du moins celles qui parlent le plus à l'imagination, et jeter un
coup-d'œil par delà. Nous avons mêlé à cet ensemble quelques
impressions personnelles, quelques conjectures plus ou moins
hasardées pour éviter la monotonie et la froideur. Il nous a paru
que ce beau spectacle céleste, éclairé par la science, était, après
l'âme humaine, l'une des plus grandes sources de poésie, — que
le temps du vague lyrisme, des *Hymnes au soleil* et des *Clairs
de lune* était passé, que tout cela pouvait aller rejoindre Phœbus
et Phœbé dans les catacombes de la mythologie, et qu'en s'inspi-
rant tout simplement des traités d'astronomie, on pouvait se
montrer plus grandiose et plus original. Nous sommes bien éloi-
gné certes de vouloir bannir le lyrisme ou même la rêverie de ces
hautes régions, qui sont comme leur domaine naturel, mais il
nous semble qu'ils pourraient y prendre un autre caractère. Au
reste, nous indiquons seulement un but, un idéal, sans prétendre
en aucune façon l'avoir atteint.

Nous serons sobre de notes, les vérités astronomiques que
nous avons essayé de traduire en vers étant généralement con-
nues. Nous demandons grâce pour les erreurs qui auraient pu
nous échapper, et qui proviendraient soit de notre insuffisance,
soit de plus récentes découvertes.

Lu à la Société Archéologique du Vendômois, le 19 octobre 1871.

I

J'aurai passé dans ce monde bruyant,
Dans ce chaos,, dans cette âpre carrière,
Où chacun heurte et renverse en fuyant
Quelque rival laissé sur la poussière ;
Parmi ces cris, ces luttes, ces noirceurs,
Ces froids calculs, ces dévoûments, ces gloires,
Parmi ces fous, ces sages, ces penseurs,
Ces gens de loi, grands faiseurs de grimoires,
　　　J'aurai passé.

Parmi ces bals, ces toilettes dorées,
Les sons joyeux de ce monde entassé,
Oh ! parmi vous, poëtes, voix sacrées,
Pauvre, inconnu, muet, embarrassé,
Et pourtant plein de rêves, plein d'idées,
De mille ardeurs en mon sein débordées,
　　　J'aurai passé !

Si l'on n'avait ainsi l'âme étouffée
Sous le fardeau d'un soin matériel,
Si l'on pouvait laisser libre la fée
Qui chante en nous et se souvient du ciel,
Oh ! quel essor on prendrait, quelle fuite
Loin de la foule et du monde réel !
Et quelle soif, quelle ardente poursuite
De l'air, des eaux, des fleurs, des soirs d'été,
Des blancs frimas, de l'orage irrité,
Du ciel sans fin, des plaines sans limite,
De la Nature et de la Liberté !
Jour désiré, délivrance, viens vite,
Lorsqu'à chanter encore tout m'invite,
Avant que l'âge ingrat n'ait abaissé

Mon dernier vol... Quand j'aurai vu renaître
Un lustre ou deux, quelques printemps peut-être,
J'aurai passé.

II

Mais aujourd'hui le Ciel, le Ciel m'attire,
Non ce séjour bienheureux et parfait,
Pur idéal, que l'art ne peut décrire,
Mais ce réel, ce radieux empire,
Qu'une lunette, œil d'un puissant effet,
Et le calcul, autre regard abstrait,
Qui par delà le visible sait lire,
Dans le long cours des temps ont pu construire.
L'esprit humain après Dieu nous l'a fait.
C'est lui, ce monde étoilé qui m'inspire.
Oui, j'aimerais à chanter ce SOLEIL,
Qui dans l'éther, d'un essor sans pareil,
Vol éternel qui n'a point d'arrivée,
Entraîne ensemble un chœur harmonieux
De vastes corps, trônes des anciens Dieux,
Comme un grand aigle entraîne sa couvée.
Qui donc es-tu, globe mystérieux,
Impénétrable à l'œil de la science,
Dont l'invincible et longue patience
Te sonde en vain d'un regard curieux ?
Es-tu, dis-nous, une terre formée,
Comme ici-bas, de rudes éléments,
Sous un manteau lumineux enfermée,
Ou quelque mer colossale enflammée,
Qui lance un flux de longs rayonnements?
Il faudra bien qu'enfin tu te déclares.
Un jour, malgré tant de refus bizarres,

Tu laisseras tomber, non sans regret,
Ton dernier voile et ton dernier secret.
Nous te vaincrons par ta propre lumière ;
Déjà tu sais qu'en deux tubes jumeaux [1]
Nous enfermons cette belle courrière,
Et la brisant sur un prisme en faisceaux,
La transformant de splendide manière,
Nous évoquons ton spectre aux sept couleurs,
Parmi ces tons plus riches que les fleurs,
Des traits brillants ou des lignes obscures
Frappent nos yeux, indices délateurs,
Montrant au sein des flammes les plus pures
Le moindre vol d'atômes étrangers.
Or, sur la foi de ces prompts messagers,
Nous avons lu sans peine en ta fournaise
Et reconnu nos terrestres métaux ;
Le dur nickel, le pâle manganèse,
Le fer surtout, auteur de tant de maux,
De tant de biens, et l'infusible chrôme [2],
Le sodium et dix autres encor,
Simples vapeurs, habitent ton royaume.
Mais, ô Soleil, tu ne connais point l'or,
L'or, ton métal [3], non plus l'argent avare ;
Le cuivre même est chez toi chose rare,
Tel tu parais, et si je ne m'égare,
Dès lors un grand problème se résout :

---

[1] Le spectroscope, au moyen duquel on a découvert dans le Soleil les substances dont nous parlons plus bas. — Voir la remarquable notice de M. Delaunay sur la Constitution de l'univers. (Annuaire du Bureau des Longitudes 1869 et 1870.)

[2] Il est presque infusible au feu de forge.

[3] On sait que dans l'alchimie le soleil représentait l'or, et que depuis on a toujours associé ces deux idées.

Toujours semblable et la même partout
Est la matière, étoffe universelle.
Ce roi puissant d'où la vie étincelle
Sur toute sphère et tout être debout,
Nous est uni dans son ample structure,
Par des liens de commune nature.

A ses côtés est MERCURE, animé
Par son attrait d'une énorme vitesse [1],
Et dans les feux de l'astre bien-aimé
Toujours perdu, noyant sa petitesse.
Pourtant son cours est le plus allongé [2];
Comme la Lune, il a des phases lentes,
Mais, sous le poids de chaleurs violentes [3],
Les eaux chez lui seraient toujours bouillantes.
C'est, on dirait, un monde en abrégé,
Un vrai Mercure enfin pour la prestesse,
Mais son sol dur semble un métal forgé [4].

VÉNUS le suit, l'amoureuse déesse,
La blanche étoile au limpide regard ;
Mais, oscillant dans un plus large écart,
Tantôt du jour rapide avant-courrière,

---

[1] Elle est, en moyenne, si nous ne nous trompons, de 49 kilomètres par seconde. Celle de la Terre n'est que de 30 à 31.

[2] Nous ne parlons ici que des grandes planètes, car, parmi les petites qui circulent entre Mars et Jupiter, il y en a un grand nombre dont l'excentricité dépasse celle de Mercure.

[3] La chaleur et la lumière étant 1 à la surface de la terre, à la distance moyenne, elles sont égales à 6,67, en moyenne, à la surface de Mercure, (Arago, *Astronomie populaire*, T. II, p. 505.)

[4] C'est la plus dense de toutes les planètes. La densité de la Terre étant 1, celle de Mercure égale 1,376, ou, en la rapportant à celle de l'eau comme unité, égale 7,80, celle de la Terre étant alors 5,67. (Daguin, *Physique*, 2e édition, T. 1er, p. 131.) Or la densité du fer égale 7,79.

Comme une perle au bord de l'Orient,
Elle surgit, radieuse paupière,
Tantôt du ciel franchissant la carrière,
A l'horizon où s'éteint la lumière,
Nous la voyons renaître en souriant.
De quelque nom que les peuples antiques
T'aient dénommée, ô Reine de beauté,
Vénus, Hâthor, Aphrodite, Astarté[1],
De ces vieux temps où des voiles mystiques
Enveloppaient l'obscure vérité,
Tu n'obtins pas un culte immérité.
Or aujourd'hui ton orbe circulaire,
Après cent ans, divorce séculaire,
Médite avec le roi du firmament
Un mariage, un long embrassement[2].
A cet hymen assistera la terre,
Prête à saisir le secret solennel,
Les mots divins que durant ce mystère
Vous laisserez échapper dans le ciel.
Nous t'attendons, le monde te réclame,
Cinq ans venus, tu l'auras exaucé ;
Dans le sentier par Dieu même tracé,
Ton globe alors sur le globe de flamme
Aura passé.

III

Que dirons-nous de toi, belle planète,
O notre mère et notre humble sujette,

---

[1] Hâthor était la Vénus égyptienne, Aphrodite la Vénus grec-
que, Astarté la Vénus syrienne.
[2] Passage de Vénus sur le Soleil, en 1874, phénomène astro-
nomique très-important pour la détermination de la distance de
la Terre au Soleil et, par suite, des distances de toutes les autres planètes. Le dernier passage a eu lieu en 1769. Il peut durer,
en général, jusque près de 8 heures.

Et dernier lit où tout être descend,
TERRE, jadis soleil incandescent,
Sombre aujourd'hui, d'abord vide, incomplète,
Affreux chaos, mais de ton sein puissant
Ayant tiré dans la suite des âges,
Par le travail d'invisibles agents,
Ton atmosphère, océan des nuages,
Ton dur granit, tes fermes continents
Sur ton grand axe assis en équilibre,
Ton magnétisme, âme étrange qui vibre
Et qui circule en toi, tes vastes mers,
Ces réservoirs de vie et de tempêtes,
De ta surface inondant les deux tiers,
Tes monts hardis courant en longues crêtes,
Qu'avec effort tes entrailles en feu,
Ou par le froid ton écorce crispée [1]
Ont fait saillir ; puis encor dans l'air bleu
Cette vapeur qui, par un double jeu
Du sein des eaux incessamment pompée,
Nous est rendue en ruisseaux argentés,
En pluie, en lacs, en torrents indomptés,
Et ces glaciers géants, gardiens des pôles,
Dans tes desseins chargés de si grands rôles.
En même temps sur ton sein attiédi,
Profond mystère ! apparaissait la vie.
Sur tes rochers une mousse a verdi,
Une fleur germe, un palmier a grandi.
Plus d'arrêt, marche ascendante et suivie :
Partout du sol et de l'onde et des airs
Jaillissent mille et mille êtres divers,

[1] Allusion aux systèmes de MM. Elie de Beaumont et Constant Prévost.

Créations bientôt évanouies,
Essais confus, ébauches enfouies,
Que l'Ouvrier, par des soins plus parfaits,
Recommençait sous de plus nobles traits.
Puis l'homme enfin ! l'homme d'abord sauvage,
Dans un séjour sauvage comme lui,
Errant, sans nom et presque sans langage,
Rival de l'ours, chassant dans leur pacage
Les grands mammouths disparus aujourd'hui.
Un jour, superbe, il entre dans l'histoire,
Le front touché par un rayon nouveau ;
Dès lors s'allume un éternel flambeau,
La conscience et l'ardente mémoire
Du genre humain ne s'endormiront plus.
Dès lors commence, admirable série,
Comme un grand fleuve à travers la prairie,
Ce vaste cours, ces flux et ces reflux
De hauts destins jamais interrompus :
L'Inde, l'Egypte et l'Asie et la Grèce,
La Grèce, aimable et noble enchanteresse,
Mère des arts et de la liberté,
Source d'où vient la moderne pensée.
Tyr, vaste nef sur tous les flots lancée,
Qui nous transmit la parole-fixée.
L'âpre Israël et son Dieu redouté,
Obscur berceau d'une sainte clarté.
Carthage, Rome, orgueilleuse maîtresse,
Qui fut un jour le monde presque entier ;
Puis à l'assaut de cet empire altier
Le Nord menant sa fureur vengeresse,
Ses hommes blonds d'intrépide vertu
Et dépeçant le colosse abattu,
La loi du Christ rayonnant sur le monde,

Le moyen âge où le fief est seigneur,
Où le serf meurt sur le champ qu'il féconde,
Puis on entend une chute profonde
Et dans la gloire et dans le sang se fonde
Sur des débris tout un ordre meilleur.

Ainsi voilà les destins que tu portes,
Terre immortelle, ô sublime vaisseau !
Que dis-je hélas ! un jour, vaste tombeau,
Toi-même aussi, comme le vermisseau,
Tu compteras parmi les choses mortes ;
Sous l'œil vitreux de ton soleil glacé
Tu sentiras venir l'heure suprême,
Partout la vie à ta surface blême
Languir, s'éteindre... et l'humanité même
   Aura passé.

IV

Et toi là-haut, Satellite fidèle,
A notre sort dans l'espace enchaîné,
Qui par la Terre, où ton centre t'appelle,
Par le Soleil à la fois fasciné,
D'un pied boiteux, hâtif, mal ordonné,
Suis sans repos notre course éternelle,
Sur notre plan faiblement incliné,
Quand ta carrière enfin est couronnée,
Pour toi le jour est égal à l'année.
Astre inconstant, sous des masques divers,
Nous révélant toujours la même face,
Pâle miroir qui décroît et s'efface,
Dont nul jamais n'aura vu le revers,
Calme flambeau, mais lumière de glace [1],

---

[1] Elle n'a pu élever de la moindre quantité les thermomètres les plus sensibles.

Soleil nocturne, ombre du vrai soleil,
Combien de fois, à l'heure du sommeil,
Quand tu passais, mélancolique amie,
Les yeux fixés sur la Terre endormie,
Menant au loin tes chœurs silencieux,
T'ai-je suivie errante dans les cieux !
Et l'on eût dit, ô blanche somnambule,
Que dans le sombre et le vague des nuits,
Tu promenais d'indicibles ennuis.
Combien de fois en mon âme crédule
Me suis-je vu dans ton sein transporté,
Où de mon corps la masse plus légère [1]
Glissait plus souple en un rêve enchanté !
Mais, ô surprise à ma vue étrangère !
Je découvrais un sol nu, tourmenté,
N'offrant partout que monts et précipices,
Convulsions, effroyables caprices,
Spectacle fauve, âpre et comme irrité.
Mille volcans d'un âge séculaire
Ont fait jadis cette œuvre de colère,
Puis sont rentrés dans leur obscurité.
Parmi ces monts d'étrange caractère
Je retrouvais les cimes de la Terre,
Nos Apennins, le Caucase, l'Oural [2] ;
Chacun là-haut a son frère, — un rival.
Parfois domine un grand pic solitaire,
C'est Huygens, c'est Leibnitz le colossal,
Parfois, enceint d'un rempart vertical,

[1] La pesanteur à la surface de la Terre étant 1, elle est à la surface de la Lune égale à 0,164 (Annuaire du Bureau des Longitudes 1870), c'est-à-dire environ 6 fois moindre.

[2] Les astronomes ont en effet donné aux montagnes de la Lune les noms de celles de la Terre ou ceux des plus illustres savants.

S'ouvre en anneau quelque immense cratère,
Gouffres sans nombre ; ils s'appellent Newton,
Herschel, Laplace, Archimède ou Platon.
Parfois l'anneau grandit outre mesure,
Cirque effrayant, circonvallation
Qui de la Terre entière, je m'assure,
Enfermerait la population [1].
Voyez plus loin la profondeur puissante
De ces bassins, de ces bords contrefaits,
Ce sont des mers d'où la vague est absente,
Des lacs sans eau, des golfes, des marais :
Mer du Nectar, des Crises, lac des Songes,
Lac de la Mort, mer de Tranquillité.
De nos savants ironiques mensonges,
Unir la vie à la stérilité !
Car le vide est partout ; nulle atmosphère
Pour adoucir le tranchant des contours,
Pour épancher en tous sens la lumière ;
Point de couchant ni d'aurore, les jours
Sortent soudain comme d'une tanière,
Un demi-mois prolongent leur carrière,
Puis brusquement retombent dans la nuit.
L'oreille en vain aspire à quelque bruit,
Pas un écho, pas une onde éphémère !
Oh ! que le chant d'un filet d'eau qui fuit

---

[1] Nous nous en sommes assuré en effet : d'après Arago, le diamètre de l'anneau de Clavius, le plus grand de tous, serait de 227,129 mètres, et celui d'Archimède, le plus petit, de 80,229 (*Astronomie populaire*, t. III, p. 451). Si l'on cherche les surfaces d'après la formule si connue en géométrie, on trouvera pour le premier plus de 40 milliards de mètres carrés, et pour le second plus de 5 milliards. En supposant la population du globe de 1 milliard, on voit qu'elle serait logée fort à l'aise même dans le plus petit. Dans le plus grand, chaque individu pourrait occuper une pièce de 8 mètres de long sur 5 de large.

Eût été doux à mon âme ravie !
Mais non, partout un silence de plomb.
Ni l'air ni l'eau, ces deux sources de vie,
Nul être ici. Jamais un épi blond
Ne s'est levé sur ce sol infécond,
Pas un brin d'herbe, un oiseau n'y respire,
Pas un insecte à l'essor vagabond,
Le minéral est roi de cet empire,
C'est le désert écrasant et profond !

Le voilà donc cet astre qu'on admire,
Astre timide au visage si doux.
Etonnez-vous de son triste sourire,
Monde expiré peut-être sous les coups
D'une comète ardente et frénétique.
Parfois il semble, en sa pâleur mystique,
Nous murmurer sa plainte prophétique :
« Jadis aussi, moi, j'étais comme vous,
Vivante, heureuse, ayant de grandes villes,
Des arts charmants, des peuples doux, tranquilles,
Des animaux nombreux, des champs fertiles...
Hélas ! mon rôle est par vous remplacé.
Un jour parut.... Quel jour ! Quelle tempête !
Il ne resta debout pas une tête,
      Et j'ai passé ![1] »

V

Mais loin de nous ce funeste présage,
Et poursuivons notre hardi voyage.

---

[1] Tout ceci n'est qu'une fiction poétique. L'impossibilité même du choc de la Lune par une comète a été démontrée par Laplace, en se fondant sur la comparaison des mouvements de translation et de rotation de notre satellite, à moins que la comète n'ait eu une masse inférieure à la 100,000e partie de celle de la Terre.)Arago, Ibidem, T. III, p. 454.)

Vois-tu là-bas MARS aux rouges lueurs,
Enveloppé d'une atmosphère épaisse,
Où vont flottant des amas de vapeurs?
Sa sphère aussi vers les pôles s'affaisse,
Chargés aussi de glaciers éclatants.
Séjour des longs hivers, des courts printemps,
En plus d'un trait il imite la terre [1],
Qui jusqu'ici l'emporte sans débat.

Mais vois ce point d'un glorieux éclat ;
C'est le géant du monde planétaire,
Plus grand lui seul que tous ses compagnons [2].
C'est JUPITER. Or, parmi ces orbites,
Qui dans l'éther invisibles sillons,
Vont s'embrassant l'une dans l'autre inscrites,
Son cercle immense occupe le milieu.
Fier, escorté de quatre satellites,
Sa majesté rappelle encor le dieu .
Qui dominait dans la croyance antique.
Presque debout sur son large écliptique,
L'affaissement de son rapide essieu,
Plus qu'aucun autre atteste, excellent guide,
De ces grands corps la nature fluide,
Quand tout ce branle entra jadis en jeu.
Car Jupiter, dans son ampleur extrême,
En moins d'un jour circule sur lui-même.
Là le Soleil versant toujours son feu
Sur l'équateur dont il s'écarte peu,

[1] Ceci pourrait se dire avec plus de raison encore peut-être de Vénus.

[2] Toutes les planètes réunies en effet (il ne s'agit ici que des grandes) en y ajoutant même la Lune, ne formeraient qu'un volume égal à 1000 ou 1100 fois celui de la Terre, tandis que Jupiter est égal à plus de 1,300 fois ce même volume.

Des jours, des nuits. tient la balance égale,
Et des saisons ne fait pour chaque lieu
Qu'une saison de pareil intervalle.

Plus loin cet astre au teint morne et plombé,
Plus ralenti dans sa marche diurne,
Cet être froid, mystérieux, nimbé
D'un double anneau, c'est le sombre SATURNE.
Brillant cortége, huit satellites fiers,
En s'éloignant à des rayons divers,
Sur le vieux roi veillent au sein des airs,
Munis chacun d'une lampe nocturne.
Malheur jadis, en naissant, au mortel,
Sur qui tombait son regard taciturne !
Il subissait bientôt un sort cruel[1].
Mais ce Titan, armé de sa ceinture,
Plus que tout autre est léger de structure ;
Bien différent sur ce point de Mercure,

[1] La mauvaise influence de Saturne est une croyance qui remonte, comme l'astrologie elle-même, à la plus haute antiquité. On en trouve des traces fréquentes chez les poëtes grecs et latins. Qu'on nous permette d'égayer notre pièce par une citation tirée d'un vieil astrologue français, qui fut en même temps un médecin célèbre : « Saturne a regard sur la droite partie de Septentrion, sur la terre et l'eau, sur la mélancholie, et aucunes fois sur la phlegme crasse, sur les oreilles, la ratelle, la vessie, l'estomach, les nerfs et les os. Et signifie gens pasles, ou noirs, maigres, pensifs, solitaires, craintifs, resveurs, graves, contemplatifs, laboureurs, maçons, acheteurs de rentes, usuriers, mesnagers, pescheurs, marchands d'huile, cuirs, poissons, tuiles, pierres, alums, etc. Des maladies signifie lèpre, chancres, pourritures, fièvres quartes, opilations, hydropisies, flux de ventre, colique, hernie, mole, podagre, chiragre, sciatique, sourdesse, épilepsie, incubus, folies mélancholiques, difficultez de respirer, et autres engendrées d'humeurs crasses ou de ventositez qui durent longuement.... » (*Les Jugements astronomiques sur les Nativitez*, par Auger Ferrier, Médecin, natif de Tholouze. Rouen. Nic. Lescuyer. 1583. In-24. Dédié à Catherine de Médicis.)

Plongé dans l'eau d'un énorme bassin,
Il flotterait comme un bois de sapin[1].

URANUS, lui, commande à quatre lunes,
Qui sur ses flancs se jouant tour à tour,
Par le reflet de leurs clartés communes,
Font dans sa nuit à peine un faible jour.
Mais dans leur course abrupte[2] et singulière,
Bravant la loi qui régit tous ces corps,
Ceux-ci rétifs chevauchent en arrière,
Vers l'Occident. Etranges désaccords,
Unique exemple, invincible ironie,
Jetée au sein de l'ordre universel,
Pour renverser les rêves du génie
Qui veut tenter la genèse du ciel[3].
Sur cette terre en ces climats bannie,
On ne voit plus que le dôme étoilé
Enveloppant l'astre toujours voilé ;
Lui-même ici notre Soleil n'arrive
Que large étoile et scintillant rayon[4].
Mais à franchir l'immense région
Le vol succombe... Oh ! de grâce la rive

[1] C'est la moins dense de toutes les planètes. Sa densité relative à la Terre égale 0,121, et par conséquent relative à l'eau, 0,69. Or celle du sapin jaune est égale à 0,66. (Annuaire du Bureau des Longitudes. 1870.)

[2] L'inclinaison des plans de leurs orbites sur l'écliptique est en effet de 78 à 79º (Arago, T. IV, p. 498.) Quant à l'inclinaison même du plan d'Uranus sur le nôtre, il n'est que de 0º 46' 30".

[3] Allusion au système cosmogonique de Laplace.

[4] En réalité il paraîtrait comme un tout petit cercle de 100 secondes de diamètre. (Arago, T. II, p. 428.) Le calcul est d'ailleurs facile à faire, lorsqu'on sait que le diamètre du Soleil vu de la Terre est de 32' 3", et que la distance moyenne d'Uranus au Soleil est 19,18 fois égale à celle de la Terre. Si l'on divise ces deux nombres l'un par l'autre, on trouve juste 100 au quotient.

De cette mer est-elle encor loin ? — Non.
Marche toujours, raffermis ta raison.

C'est toi, Planète en ces lointains perdue,
Toi qui fermant ce fuyant horizon,
De nos cònfins sentinelle assidue,
Erras longtemps invisible et sans nom,
Jusqu'au moment où l'algèbre idéale,
De son œil pâle et de sa main fatale,
Vint te saisir au fond de ton désert
Et te rendit au céleste concert.
Malgré pourtant sa demeure éloignée,
Cette planète à l'exil condamnée,
Comme ses sœurs soumise aux mêmes lois,
Se trouve encore au Soleil enchaînée,
Et quand la Terre a cent soixante fois
Plus quatre fois accompli sa tournée,
NEPTUNE alors, languissant, aux abois,
D'un pied débile achève son année.
Mais sur ce roc, sur ce monde flottant,
Viens, reposons nos ailes un instant.
Là cette fois semble être la frontière
De toute vie et de toute couleur ;
Pour nous, partis des bords de notre sphère,
Mille fois moindre est ici la lumière,
Mille fois moindre est ici la chaleur[1].
Tout à l'entour règne un vide effroyable,
Un vaste abîme…. A l'astre paternel
Liés d'ailleurs par un pacte éternel

---

[1] Ceci est rigoureusement exact. Les quantités de chaleur et
de lumière envoyées par le Soleil à la Terre étant 1, les quantités
reçues à la surface de Neptune sont 0,001 seulement. (Arago,
T. IV, p. 508.)

Tous ces grands corps, d'une ardeur incroyable,
Suivent leur chef dans les routes du ciel.
Que veulent-ils? Où vont-ils? Ils l'ignorent.
Mais vers le but des sentiers qu'ils explorent,
Obéissant à leur aveugle loi,
Silencieux, ils marchent pleins de foi,

Or maintenant par delà ces limites
Elançons-nous... Voilà que d'autres cieux
Vont resplendir, de nouvelles orbites
Vont déployer leurs bras audacieux,
D'autres encor, puis d'autres à tes yeux
Iront sans fin multipliant leurs ondes.
Monte toujours vers les voûtes profondes,
Que ton essor ne soit jamais lassé,
Et ton esprit sans cesse en d'autres mondes
        Aura passé !

VI

Qui tenterait de vous décrire,
Célestes constellations,
Livre d'or où l'homme a pu lire
D'étranges révélations [1],
Matière vivante, enflammée,
Qui sans cesse et partout semée,
Fais jaillir de nouveaux soleils,
Vous, que le Temps allume, efface,
Flambeaux, qui menez dans l'espace
Des mondes au nôtre pareils.

[1] Allusion aux substances découvertes par l'analyse spectrale dans les principales étoiles. Voir la Notice déjà citée de M. Delaunay.

Combien de fois ma rêverie,
Egarée au milieu de vous,
Y vint chercher une patrie
Contre d'invincibles dégoûts.
Oh ! disais-je, en mes tristes heures,
Recevez-moi dans vos demeures,
Recevez-moi comme un banni ;
Dans votre sublime contrée,
Mon âme se sent pénétrée
D'un doux et puissant infini.

Ah ! s'il est vrai que de vos flammes
Naissent aussi d'autres mortels,
Si là-haut respirent des âmes,
Ayant leurs lois et leurs autels.
Sans doute nobles créatures,
Plus que nous parfaites natures,
Ils ne s'égorgent point entre eux,
Ils ignorent l'horreur des guerres,
Et nos fusils et nos tonnerres
Et tous nos arts si désastreux.

On n'y voit point, triste alliance,
Le vice au sein de la grandeur,
L'homme vendre sa conscience,
La femme vendre sa pudeur.
Ici l'orgueil, là-bas l'envie
Semer les haines dans la vie ;
Ni sur un sanglant échafaud
Tomber une tête pensante,
Ni la vertu pauvre et gisante
Mourir les yeux levés en haut.

Or tous ces globes, ces systèmes
Forment une vaste unité ;
D'un point aux points les plus extrêmes
Court une obscure affinité.
On voit s'appeler, se répondre
Des univers sans se confondre.
Notre Soleil là-haut s'enfuit,
Quel invisible aimant l'attire ?
Sa nébuleuse, j'ose dire,
A son guide qui la conduit.

Et de même, puisque tu sondes
Tous ces abîmes entassés,
Vois ces peuples des autres mondes,
Groupes dans le ciel dispersés,
Chacun d'eux est une parcelle
De la famille universelle.
Sans doute eux aussi sont liés
Par de communes destinées,
Par mille forces combinées,
Par de lointaines amitiés.

De ces unions solidaires,
Vivants, ils ne connaissent rien ;
Mais la Mort résout ces mystères.
La Mort, ce vigilant gardien,
Aux âmes ouvre une autre porte,
Sur d'autres terres les transporte,
Et renouvelle ainsi leurs jcurs,
Du progrès active ouvrière,
Et dans l'éternelle carrière
De la vie épurant le cours.

Cette grande énigme insondable,
Peuples, mondes, esprits, soleils,
Autour d'un centre inabordable
Gravite sàns fin, sans sommeils :
Bien suprême, Amour, Harmonie,
Puissance attractive infinie,
Qui tient suspendu l'univers,
Des effluves de son essence
Il pénètre toute existence
Et remplit encor les déserts.

Or sous cette main incessante
Lentement la face des cieux,
Comme une argile obéissante,
Cède et se transforme à nos yeux ;
Car mouvement, métamorphose,
Voilà le nom de toute chose ;
Après des siècles écoulés,
L'œil humain dans les nuits obscures
Contemplera d'autres figures,
D'autres symboles étoilés.

Où serons-nous, moi qui récite
Ces chants, et vous qui m'écoutez ?...
Ah ! dans cette effroyable fuite,
Où nous sommes tóus emportés,
Du moins est une ancre immobile,
Un Etre fixe indélébile ;
Tenons avec force embrassé
L'espoir d'un Arbitre suprême,
Pour nous, notre souvenir même
Aura passé.

Vendôme, Typ. Lemercier & Fils.

www.ingramcontent.com/pod-product-compliance
Lightning Source LLC
Chambersburg PA
CBHW061741180626
46818CB00006B/2693